Peter Oberfrank

Es war einmal Weihnachten mit viel Kerzenlicht ...

Impressum:

Bibliografische Information der Deutschen Nationalbibliothek: Die Deutsche Nationalbibliothek verzeichnet diese Publikation in der Deutschen Nationalbibliografie; detaillierte bibliografische Daten sind im Internet über www.dnb.de abrufbar.

© 2017 Peter Oberfrank
Herstellung und Verlag:
BoD – Books on Demand, Norderstedt

ISBN 9783743128262

Die Hauptpersonen in der Weihnachtsgeschichte:
(Märchen)

Mutter Kristiane (Hausfrau, 40 Jahre alt) und Vater Chris (Förster vom Beruf, 44 Jahre alt), deren Kinder sind Sohn Lukas (6 Jahre alt), Sohn Stefan (10 Jahre alt), Tochter Sarah (8 Jahre alt).

Der Bruder von Kristiane ist Patrick (Journalist in einer großen Stadt, 34 Jahre alt).

Die Schwester von Chris ist Kathrin (Hausfrau, 30 Jahre alt) und sie ist Mutter von den Kindern Emma (7 Jahre) und Georg (10 Jahre), der Vater ist Robert (vom Beruf Lehrer, 31 Jahre alt).

Geschwisterpaar Anna (29 Jahre alt) und Gerhard (37 Jahre alt), welche als Obdachlose in einer großen Stadt leben und zu Weihnachten zufällig vom Onkel Wolfgang (45 Jahre alt) in sein Haus eingeladen werden … Onkel Wolfgang wohnt mit seiner Frau Andrea (42 Jahre alt) und seinem behinderten Sohn Daniel (19 Jahre alt), welcher im Rollstuhl sitzt, in einem großen Haus.

In der Nacht ist der Winter mit viel Schnee in die weihnachtlich geschmückte kleine Stadt hereingezogen und so viel Schnee hat es schon seit langer Zeit nicht mehr gegeben.

Viele Schneeräumautos befreien schon ganz in der Früh die Straßen von den Schneemassen und vor vielen Wohnhäusern wird fleißig Schnee geschaufelt, um die Hausausfahrten befahrbar zu machen. Der viele Schneefall verzaubert still und leise die kleine Stadt in eine große Winterlandschaft, wie ein Winterwunderland, und anscheinend hat das etwas laute und doch ungewohnte Geräusch der vielen Schneeräumautos schon einige Leute frühmorgendlich geweckt und in vielen Häusern sieht man schon Licht in den Zimmern.

Riesengroße Freude mit dem vielen neuen Schnee haben die Kinder der Stadt und viele Kinderaugen leuchten frohen Herzens beim ersten frühmorgendlichen Blick aus dem Fenster. Auch der kleine Lukas staunt mit großen Augen über den vielen Schnee und hüpft fröhlich durch sein Kinderzimmer. Nachdem sich Lukas seine warme Winterbekleidung angezogen hat, huscht er sofort in die Küche des großen Hauses, wo seine Mutter Kristiane mit dem Frühstück wartet. Zur Vorweihnachtszeit gibt es auch zum Frühstück ein paar köstliche Weihnachtskekse, und der weihnachtliche

Schmuck im Haus bringt schon eine besondere Herzensstimmung mit sich, und es gibt schon große Vorfreude auf das große Weihnachtsfest. Während sich Lukas auf seinen Lieblingsplatz in der Küche begibt, kommen nun auch sein Vater Chris und seine älteren Geschwister Sarah sowie Stefan die Treppe vom oberen Geschoß im Haus in das Erdgeschoß herunter. Das Treppengeländer schmückt zur Weihnachtszeit eine rotgrüne Weihnachtsgirlande, welche zur Mitte des Treppengeländers mit silbernen Streifenbändern zusätzlich verziert ist. Das obere Stockwerk im Haus ist durch eine Türe am oberen Ende der Treppe vom Erdgeschoß getrennt, und im oberen Stockwerk befinden sich die

Kinderzimmer und das Schlafzimmer der Eltern, Bäder und Toiletten sowie 3 Gästezimmer.

Mit einem sanften und freudigen "Guten Morgen" tritt der Vater Chris in die Familienküche und Lukas berichtet ihm sogleich vom wunderbaren Neuschnee und will, dass alle einen Blick aus dem großen Küchenzimmerfenster werfen sollen.

Erwartungsfroh springt die Familie zum großen Fenster in der Küche und beim Blick in die Winterlandschaft im Garten sagt der 10 Jahre alte Stefan zur 8-jährigen Sarah sogleich, dass in den bald beginnenden Weihnachtsferien ein riesengroßer Schneemann gemeinsam mit Lukas im Garten gebaut werden soll, worauf Lukas sofort ein fröhliches "Jawohl, super cool" schreit und freudig zum Küchenzimmertisch hüpft.

Lukas ist 6 Jahre alt und als Jüngster in der Familie ist er das sogenannte Nesthäkchen in der Familie, und er weiß sogleich auch schon, welchen alten Hut der Schneemann bekommen soll. Also die Freude mit dem vielen Schnee ist in der Familie gut spürbar und beim gemeinsamen Frühstück wird der bevorstehende Weihnachtsbesuch der Verwandtschaft kurz besprochen. Am Tag vor dem Weihnachtsabend steht nämlich der Besuch vom Bruder von Kristiane und der Familie von der Schwester von Chris an, wobei sich alle morgen ungefähr zur Mittagszeit mit ihrem Erscheinen angekündigt haben. Weihnachten soll auch heuer wieder ein großes und harmonisches Familienfest werden.

Der Bruder von Kristiane, sein Name ist Patrick, ist alleinstehend und wohnt in einer sehr großen Stadt und freut sich schon auf den Besuch bei seiner Schwester in der kleinen Heimatstadt. Das besondere Flair der kleinen Heimatstadt zeichnet ein stark betontes dörfliches und verträumtes, ruhiges Lebensgefühl aus – hier scheint die Zeit ein bisschen ruhig und langsam zu gehen, und die Leute sind auf ihre eigene Art immer wieder voller Fröhlichkeit und Zufriedenheit. Zudem freut sich Patrick das große Weihnachtsfest heuer im Kreise seiner Familiengemeinschaft zu verbringen und einfach wieder viel Zeit für das Weihnachtsfest und die nachfolgenden Tage zu haben. Patrick lebt weit entfernt in einer sehr großen Weltstadt und ihm gefällt vor allem die kulturelle Buntheit in der großen Stadt sowie die verschiedenen alten und neuen Gebäude in der Weltstadt. Dennoch hat Patrick seine kleine Heimatstadt immer im Herzen in schöner Erinnerung behalten. In der großen Stadt arbeitet Patrick als Journalist bei einer großen Zeitung, und diese Aufgabe bietet Patrick viele Möglichkeiten, und er wollte schon seit Kindesjahren immer bei einer Zeitung arbeiten – diese Begeisterungsfähigkeit für das Schreiben und Lesen als Journalist erfüllt Patrick mit großer Zufriedenheit. Patrick reist mit dem Zug in die kleine Heimatstadt und seinen Koffer hat er mit viel Vorfreude schon seit einigen Tagen gepackt.

Die Familie von der Schwester von Chris besteht aus den Eltern Kathrin und Robert sowie deren Kindern Emma und Georg. Emma ist 7 Jahre alt und Georg 10 Jahre alt – für die beiden Kinder und die Familie ist auch heuer wieder Weihnachten ein ganz großes Fest. Die Schwester von Chris, namens Kathrin, ist 30 Jahre alt und lebt als Hausfrau mit ihrer Familie auch in einer kleinen Stadt, welche jedoch nicht so weit entfernt ist. Der Ehemann von Kathrin, mit dem Namen Robert, ist 31 Jahre alt und arbeitet als Lehrer in einer kleinen Schule.

Auch Kathrin wird mit ihrer Familie mit dem Zug anreisen und gerade die Kinder freuen sich schon sehr auf die abenteuerliche Zugfahrt durch die verschneite Landschaft, und die ganze Familie freut sich schon auf ein Wiedersehen mit dem alten, weihnachtlich geschmückten Bahnhofsgebäude in der kleinen Heimatstadt von Kathrin. Sowohl bei den Gastgebern als auch bei den Besuchern sind schon die besonderen Weihnachtsstimmungen in den Herzen und die große Wiedersehensfreude deutlich spürbar, zusammen freuen sie sich auf ein freudiges und ruhiges Weihnachtsfest.

Weil das Weihnachtsfest knapp vor der Tür steht, zündet die Mutter auch die große Kerze in der Mitte des Frühstücktischs an, und die wohlige Wärme und der Kerzenschein verschönern auch das Frühstück. Der große Kronleuchter im Küchenzimmer bleibt dennoch eingeschalten, da draußen die Nacht nur langsam zum Tag erwacht und auf den Straßen leuchten immer noch die Straßenlaternen.

Den kleinen Lukas fasziniert neben dem Leuchten der Kerze auch das "Licht vom Strom" und fragt seinen Papa, wie denn eigentlich der Strom die Glühbirnen des

Kronleuchters zum Leuchten bringt und woher der Strom kommt? Während Chris sein Butterbrot mit Honig bestreicht, sucht er gedanklich sogleich nach einer möglichst einfachen und doch verständlichen Antwort zur gar nicht so leichten Frage von Lukas.

Nach kurzem Nachdenken versucht Chris einen Erklärungsversuch: "Ja, also der Strom sind ganz kleine Teile, welche von der Sonne oder von anderen Dingen in Elektrizitätskraftwerken erzeugt werden, und diese kleinen Teile fließen sodann durch die Stromleitungen zu den Häusern der Menschen. In den Häusern der Menschen können diese kleine Teile dann kleine Wunder wie das Licht im

Kronleuchter bewirken, oder auch die Wärme des Herdes zum Kochen oder das Kühlen und Gefrieren im Kühlschrank – ja, ja so ist dies mit dem Strom."

Chris schaut sodann gespannt auf Lukas und sieht an seinem Gesichtsausdruck, dass er fürs erste mit seinem Erklärungsversuch einverstanden ist. Lukas sagt sodann auch gleich, dass er gelernt hat, dass man freiliegende Stromleitungen nicht angreifen darf, weil dies ganz gefährlich ist und ganz weh tut. Bei der Kerze meint Lukas, muss er auch aufpassen und man darf dem Kerzenlicht nicht zu nahe kommen, weil die Flamme ist sehr heiß.

Für die Familie ist dieses gemeinschaftliche Frühstück immer wichtig und heute sieht man bei allen die vorweihnachtliche Freude beim Genuss der Weihnachtskekse, und der große Schein der Kerze sowie der viele Neuschnee lassen einen ganz besonderen Weihnachtszauber aufkommen. Nachdem Stefan den Sportteil in der Zeitung gelesen hat, begibt er sich sogleich in sein Zimmer, um seine Schultasche zu holen. Kristiane bittet Chris den langen Einkaufszettel für die Feiertage zu schreiben und sagt auch, dass sie abends sodann den bevorstehenden Besuch der Verwandtschaft länger besprechen sollen. Lukas und Sarah gehen mit den Butterbroten in der Hand nochmals zum großen Fenster und blicken auf den Neuschnee und dabei reden sie gleich darüber, wo der Schneemann im Garten stehen soll, und ob sie mit der Hilfe von Stefan auch noch eine kleine Schneeburg bauen sollen oder doch lieber rodeln oder eislaufen gehen sollen – bei diesem kleinen Gespräch sieht man wieder das freudige Lachen des Kinderherzens und die große, erwartungsfrohe Neugier auf die Dinge des Lebens. Entzückt hüpfen die beiden sodann wieder zum Frühstückstisch zurück, wo ihre Mama ihnen gerade ein bisschen Tee nachschenkt. Papa Chris schaut gerade mit großer Bewunderung das Titelfoto in der Zeitung von einem ganz großen Weihnachtsbaum an und überlegt sich, wie er heuer den Weihnachtsbaum schmücken will und freut sich auch darauf, dass sein Schwager Patrick ihm heuer mit eigens mitgebrachten Weihnachtsbaumschmuck helfen will.

Mit dem Singen von Weihnachtsliedern machen sich sodann die drei Kinder des Hauses auf den Weg zur Schule, welche ca. 15 Gehminuten entfernt liegt. Mutter Kristiane blickt den drei Kindern beim Verlassen des Hauses aus dem Fenster nach und beginnt sodann für ihren Mann Chris eine kleine Jause sowie einen Tee in der Thermosflasche zu richten. Chris arbeitet als Förster und wird heute noch einen kleinen Rundgang durch den Wald machen und ab dem nächsten Tag wird er dann zwei Wochen Urlaub haben.

Patrick befindet sich gerade mit seinem großen Koffer auf dem Weg zum Bahnhof in der großen Stadt. Bei der Fahrt mit dem Taxi zum Bahnhof sieht Patrick auch die weihnachtlich geschmückten Straßenzüge und auch die bunten, kreativen Ideen des Weihnachtsschmucks der Geschäfte und privaten Wohnungen.

Also dieser Anblick ist immer wieder ein wunderschönes Erlebnis, und Patrick denkt sich, wenn viele Leute durch das weihnachtliche Schmücken den schönen Weihnachtszauber ausdrücken wollen, dann sind auch die Herzen der Leute froh und damit entsteht ein wunderschönes Geschenk für alle. Patrick ist ein sehr sensibler Mensch sowie ein großer Träumer und gerade dies bewirkt in ihm ein großes Herz und große Freude auf seinem Lebensweg. Für Patrick ist Weihnachten immer wieder eine besondere Zeit im Jahr, und er glaubt an Gott, wobei die Religion in seinem Leben immer einen schönen und bunten Platz einnimmt. Patrick erreicht nun nach einer ca. 20 Minuten dauernden Taxifahrt den Bahnhof und beim Bezahlen der Taxifahrt gibt Patrick dem Taxifahrer auch ein größeres, sozusagen weihnachtliches Trinkgeld.

Beim Betreten der altehrwürdigen, eindrucksvollen Bahnhofshalle sieht Patrick sogleich, dass zur Weihnachtszeit viele Reisende unterwegs sind. Patrick schreitet frohen Schrittes zum Fahrkartenschalter, um eine Fahrkarte zu kaufen. Danach geht er noch in ein Zeitschriftengeschäft, weil er eine Zeitung kaufen will. Auf dem Weg dorthin erblickt er auf der Seite der Bahnhofshalle die zwei Geschwister Anna und Gerhard, welche auf einer der Bänke in der Bahnhofshalle sitzen. Anna, 29 Jahre alt, und Gerhard, 37 Jahre alt, sind zwei Obdachlose und gemeinsam ziehen sie immer wieder durch die Stadt und leben von Gelegenheitsarbeiten und der staatlichen Sozialhilfe, wobei sie derzeit immer im Obdachlosenheim übernachten, jedoch haben sie schon Aussicht auf eine kleine, eigene Wohnung. Patrick kennt die beiden schon einige Zeit, und es ergeben sich bei diesen Begegnungen immer wieder nette und interessante Gespräche. Patrick gefällt insbesondere ihre Herzlichkeit und Lebensfreude, weil sowohl Anna als auch Gerhard sind trotz ihrer nicht so einfachen Lebenslage meist frohen Herzens und zufrieden. Patrick denkt sich spontan, dass er sozusagen als kleines Weihnachtsgeschenk jeweils ein Buch mit interessanten Geschichten und Bildern von der Welt für Anna und Gerhard sogleich im Zeitschriftengeschäft kauft. Wie es sein will, findet Patrick im Zeitschriftengeschäft zwei passende Bücher und für sich nimmt er noch eine Zeitung und eine Zeitschrift über die Kunst mit. Mit den zwei Büchern in der Hand schreitet Patrick mit freudigem Schritt auf Anna und Gerhard zu. Dieses leichte Hüpfen im Schritt von Patrick ist sicher ein Ausdruck eines frohen Herzens und großer Leichtigkeit. Auch Anna und Gerhard freuen sich Patrick wieder zu treffen, und sie sprechen immer wieder miteinander, und dies auf ganz leichte und natürliche Art.

Patrick und Anna begrüßen sich mit einem freudigen „Hi" und ihre Augen leuchten hierbei frohen, glücklichen Herzens. Patrick und Gerhard begrüßen sich auch mit einem freudigen „Hallo" und dann wendet sich Patrick mit seinen Blicken an beide zusammen und sagt: „Frohe Weihnachten euch beiden" und übergibt den beiden die Bücher als Weihnachtsgeschenk.

Sichtlich gerührt von diesem ganz schönen und überraschenden Weihnachtsgeschenk bedanken sich Anna und Gerhard mit den Worten: „Vielen Dank und dir auch frohe Weihnachten."

Patrick nimmt diesen Dank herzlich an und betrachtet dieses freudige Dankeschön als eine Art Geschenk an ihn.

Patrick versteht die Kunst des Schenkens und hat große Freude beim Schenken. Mit Anna und Gerhard spricht Patrick noch kurz über den schönen Weihnachtsschmuck in der Stadt und berichtet sodann auch, dass er bald mit dem Zug in seine Heimatstadt zu seiner Schwester fahren will - weil Anna und

Gerhard von Tag zu Tag leben, wissen sie nicht genau, wie und wo sie Weihnachten feiern werden ... mit netten Blicken verabschieden sich sodann Patrick, Anna und Gerhard, und Patrick schreitet zum abfahrtbereiten Zug, und Anna und Gerhard wollen in den großen Park gehen und dort spazieren gehen.

Patrick fährt sehr gerne mit der Eisenbahn und ihn faszinieren insbesondere Lokomotiven und Bahnhöfe. Nachdem er einen angenehmen Sitzplatz gefunden hat, beginnt er nun seinen Koffer zu verstauen und packt sogleich die Zeitungen zum Lesen aus. Auf der Titelseite sieht Patrick ein Bild vom großen, wunderschön und farbenfroh beleuchteten Weihnachtsbaum in der großen Stadt New York, genauer gesagt steht dieser vor dem Gebäude Rockefeller Center.

Allgemein ist die Zeitung gerade heute mit vielen positiven sowie erfreulichen Nachrichten und Geschichten gefüllt, und Patrick denkt sich, vielleicht ist dies irgendwie auch das Besondere von Weihnachten und dies würden sich die Leute immer wünschen. Im Sportteil der Zeitung erblickt Patrick sogar eine Eishockeymannschaft, welche eigene Weihnachtsdressen trägt und diese sind mit Weihnachtsbäumen und golden glänzenden Sternen besonders weihnachtlich geschmückt. Immer wieder blickt Patrick auch zum Fenster hinaus und sieht die große, verschneite Landschaft und die vielen Bäume sind auch mit viel Schnee bedeckt. Nach einem nächtlichen Schlaf im Zug und einem kleinen Frühstück erreicht Patrick nun den Zielbahnhof und ein sanftes Lachen huscht Patrick beim Anblick und Durchschreiten des kleinen Bahnhofs über die Lippen. Die große und alte Uhr am Bahnhof zeigt gerade 12 Uhr mittags und Patrick freut sich schon auf das Mittagessen bei seiner Schwester Kristiane. Nach kurzem Fußweg erreicht Patrick das Haus seiner Schwester und er verspürt sofort irgendwie ein heimatliches Gefühl und klopft und läutet bei der Eingangstür. Als Kristiane dann die Tür öffnet, schauen sich beide freudestrahlend an und begrüßen sich mit einem herzlichen Händedruck. Irgendwie sieht man kurz sogar ein kleines Blitzen in ihren Augen, gleich wie Kristiane und Patrick dies immer schon als

Kinder in besonders freudigen Momenten hatten und oftmals zur Weihnachtszeit. Patrick fällt sofort die schöne weihnachtliche Dekoration im Haus auf, und Kristiane weist ihn sogleich den Weg in sein Zimmer.

Kristiane fragt Patrick: „Wie war denn deine Anreise?"

Patrick antwortet: „Sehr angenehm, in der großen Bahnhofshalle habe ich zufällig sehr nette Leute getroffen und die Zugfahrt war direkt romantisch - eine Reise durch ein Winter Wunderland mit viel verschneiter Landschaft. Beim Aussteigen im Heimatbahnhof habe ich sogleich mit großer Freude tief durchgeatmet und gleich gemerkt, wie sehr ich meine Heimat mag und die Erinnerungen für immer und ewig im Herzen sind …".

Kristiane lächelt darauf herzlich und sieht bei den Worten und Sätzen von Patrick sogleich den Schriftsteller und Journalisten in ihm, weil Patrick wollte schon als Kind irgendwann Journalist werden, und dazu schrieb er als Kind zum Spaß fast ein Jahr lang eine Art „Stadtzeitung" für die Familie, wo er auf ca. drei Seiten über die Ereignisse in der kleinen Stadt während der jeweiligen Woche berichtete.
Patrick beginnt dann sofort mit dem Auspacken des Koffers, und er findet einen

großen, alten Kasten in seinem Zimmer, wo er die dicke Winterkleidung wie Anorak, Pullover sogleich verstaut. Die Einrichtung in seinem Zimmer ist mit viel Holz und auch mit vielen Farben gestaltet - all dies erinnert Patrick an seine schöne bunte Kindheit und durch das viele Spielen im Wald liebt er insbesondere Holz und dessen Duft. Ein langer Blick aus dem Fenster lässt Patrick in die ihm vertraute Umgebung schweifen.

Nun begibt sich Patrick zu seiner Schwester in die Küche, weil diese wartet schon mit dem Mittagessen, und ihr Ehemann Chris wird von der Holzarbeit im Wald auch bald zurückkommen. Kristiane hat für das Mittagessen einen Reis mit verschiedenen Kräutern und

Paprikascheiben gekocht. Patrick trinkt am liebsten ein Glas Wasser zum Essen und dies holt er sich sogleich selber. Kristiane entschließt sich auch gleich mit Patrick zu essen und während des Essens berichtet Patrick seiner Schwester von einer vorweihnachtlichen Feier in der großen Stadt sowie von seinem Museumsbesuch, weil Patrick ist auch ein Liebhaber der Kunst.

Kristiane interessiert dies auch, da sie schon von Kindheit an ein großes Talent zum Zeichnen und Malen hat und wann immer sie Zeit findet, malt sie mit Aquarellfarben und Acrylfarben wunderschöne Bilder, welche schon im ganzen Haus zu bewundern sind und damit schon ein kleines Museum darstellen.

Die Schwester von Chris, namens Kathrin, befindet sich schon mit ihrem Ehemann Robert und den beiden Kindern Emma und Georg knapp vor der Eingangstüre zum Haus, wo Kristiane schon die Teller für das Mittagessen herrichtet. Kathrin läutet bei der Eingangstüre, und Kristiane geht dann in freudiger Erwartung zur Eingangstüre. Nach dem Öffnen der Eingangstüre bittet Kristiane in fröhlicher Weise Kathrin und Robert sowie deren beide Kinder ins Haus zu kommen und das Gepäck vorerst einmal einfach in der Garderobe abzustellen. Mit einem freudigen, weihnachtlichen Lachen begrüßt Patrick die Familie von Kathrin und Robert. Patrick hat zwar keine eigenen Kinder, jedoch mag er Kinder sehr gerne und kann auch die Kinderseele ganz gut verstehen, und dies wahrscheinlich deswegen, weil Patrick beim Älter- und Erwachsenwerden im Herzen sein kindliches und positives, freudiges Denken und Handeln gut bewahrt hat.

Der feine Duft des zubereiteten Mittagessens zieht durch das ganze Haus, und alle genießen das gemeinsame Mittagessen.
Mit einem fröhlichen „Hallo, freut mich euch wieder zu sehen" kommt nun auch Chris von der Arbeit zurück und gleich danach laufen nun auch die Kinder des

Hauses, nämlich Lukas, Sarah und Stefan, ins Haus. Die Kinder haben jetzt Schulferien und deswegen kann die Schultasche sogleich auch einmal in die Ecke abgestellt werden. Die Wiedersehensfreude ist riesengroß und alle haben sich viel zu erzählen … die Kinder erzählen, was sie in der Schule gebastelt haben … Patrick erzählt seinen Geschwistern und Verwandten von der Arbeit als Journalist und Schriftsteller und mit großer Neugierde folgen sie seinen interessanten und auch lustigen Worten. Also wenn man sich längere Zeit nicht mehr gesehen hat, dann gibt es immer viel zu erzählen. Im Haus gibt es sehr große Harmonie und dies merken alle – so schmeckt der Reis mit Kräutern und

Paprikascheiben gleich doppelt so gut und Kristiane bekommt großes Lob für ihre Kochkünste. Weil das Mittagessen so reichlich ist, gibt es keine Nachspeise und schön langsam drehen sich die Gespräche darum, was man am Nachmittag machen könnte. Kristiane schlägt vor, dass alle zusammen am Nachmittag rodeln gehen sollen, weil ca. 500 Meter vom Haus entfernt gibt es einen wunderbaren Rodelhügel und dort ist auch immer ein netter Treffpunkt für die Kinder der kleinen Stadt.

Die beiden jüngsten Kinder Lukas und Emma rufen sogleich: „Ja, ja – hurra" und auch die anderen Kinder lachen freudig!
Der Bruder von Kristiane, Patrick, sagt,

dass er die Kinder sehr gerne begleiten will und selber auch ein bisschen rodeln will.

Kathrin und Robert antworten darauf, dass sie die Zeit sodann für einen spontanen Besuch bei einer langjährigen Freundin von Kathrin nutzen wollen – wenn diese Freundin allerdings nicht zuhause sein sollte, dann kommen die beiden auch zum Rodelhügel.

Kristiane und Chris werden die Zeit am Nachmittag mit Arbeiten im Haus und weiteren weihnachtlichen Vorbereitungen im Haus verbringen. Chris holt sodann auch alle verfügbaren Rodeln aus dem Keller und mit insgesamt 5 Rodeln machen sich dann Patrick und 5 Kinder auf dem

Weg zum Rodelhügel. Bei diesem Spaziergang durch die wunderschön verschneite Landschaft singen die Kinder gemeinsam mit Patrick verschiedene Lieder, wobei sie alle zusammen dazu auch immer wieder ganz freudig hüpfen und tanzen. Patrick singt sodann mit den Kindern auch ein Weihnachtslied und alle zusammen freuen sich schon sehr auf den Weihnachtsabend. Nach ca. 15 Minuten Gehzeit kommen sie alle zusammen zum Rodelhügel und beim Hinaufgehen kommen alle ganz schön ins Schnaufen. Oben angekommen setzen sie sich dann langsam auf die Rodeln und genießen auch die schöne Aussicht auf die schöne Winterlandschaft.

Dann auf die Worte von Patrick: „Los

geht's" rodeln alle den Hügel hinunter. Die Freude beim Rodeln ist allen anzusehen und alle zusammen lachen auch dabei, wobei Patrick und Lukas gemeinsam auf einer großen Rodel den Hügel hinunterrodeln.

Bei kleinen Pausen und ruhigem Stehenbleiben wird auch viel über Weihnachten und die Schule geredet. Es beginnt nun auch leicht zu schneien und zusammen beobachten sie auch immer wieder, wie die Schneeflocken fliegen und durch die Luft irgendwie tanzen.

Nachdem alle zusammen dann wieder nach einer tollen Rodelfahrt in der Ebene beim Rodelhügel stehen, schreit Lukas mit

freudiger Stimme: „Bauen wir einen Schneemann oben am Rodelhügel!"
Alle zusammen müssen sogleich lachen und Patrick sagt dann: „Ja, eine gute Idee, gehen wir wieder langsam hinauf auf dem Rodelhügel."

Oben am Rodelhügel geht es nach einem Flachstück wieder in einen Wald und dort geht es dann wieder steil bergauf. Dieses Flachstück ist geradezu ideal, um einen Schneemann zu bauen und dort oben wird der Schneemann dann auch von weit weg ganz gut zu sehen sein … alle Kinder zusammen und auch Patrick beginnen dann zusammen 2 große Schneekugeln im Neuschnee zu wälzen und die etwas kleinere Schneekugel lüpft sodann Patrick auf die ganz große Schneekugel. Zusammen rollen sie sodann auch noch eine kleine Schneekugel in Kopfgröße, weil diese dritte Schneekugel soll sodann der Kopf des Schneemanns sein. Mit freudigen Lachen hebt Patrick nun dann auch die dritte Schneekugel auf die zweite Schneekugel, und alle zusammen staunen sodann auch ein bisschen … ja, ja, der Schneemann ist zirka 1,50 m hoch und dies ist schon ziemlich groß. Die Kinder finden bei den Baumstämmen, wo durch das Abschotten der Äste am Boden nicht so viel Schnee liegt, auch noch ein paar Tannenzapfen und kleine Fichtenzapfen, welche dann den Mund und die Augen des Schneemanns sein sollen. Die gefundenen Tannenzapfen und die kleinen

Fichtenzapfen geben die Kinder dann Patrick, und er steckt mit einem leichten Lächeln die Zapfen als Mund und Augen in den Kopf des Schneemanns, und der größte Tannenzapfen wird dann als Nase in den Kopf des Schneemanns gesteckt, und die Nase ragt ca. 7 cm aus dem Kopf des Schneemanns, und alle Kinder lachen sodann ganz spontan. Mit den kleinen Fichtenzapfen formt Patrick nun einen lachenden Mund beim Schneemann. Bei den Baumstämmen finden die Kinder auch ein paar Steine, und kleine Äste … Patrick verwendet sodann die Steine sozusagen als Knöpfe am Rumpf des Schneemanns und steckt diese in die erste sowie zweite große Schneekugel des Schneemanns, die kleinen Äste steckt

Patrick den Schneemann auf den Kopf und dies schaut dann nach einer ganz lustigen Frisur aus. Patrick und die Kinder formen im Schnee dann zusammen auch noch jeweils 1 Arm für die linke und rechte Seite beim Schneemann, und Patrick bringt den linken und rechten Arm aus Schnee dann mit viel Gefühl bei der zweiten großen Schneekugel des Schneemanns an und steckt noch 2 lange Äste in den linken und rechten Arm beim Schneemann, was den nötigen Halt geben soll.

Patrick sagt dann: „Ja, dies ist ein ganz toller Schneemann und schaut wie der Schneemann lacht!"

Die Kinder lachen dann auch ganz laut und alle zusammen schauen freudig den nun fertig gebauten Schneemann an, und die Augen von Patrick und den Kinder funkeln vor großer Freude und Zufriedenheit.

Patrick und die Kinder gehen jetzt dann wieder rodeln und immer wieder blicken sie auch freudig zum Schneemann.

Dies ist wirklich ein sehr schöner Tag beim Rodeln und einfach die Natur zum Genießen, und nach der vielen Bewegung in der Winterlandschaft denken Patrick und die Kinder wieder an das nach Hause gehen. Alle sind mit den Rodeln in der Ebene angelangt und Patrick sagt dann zu den Kindern, dass sie nun alle gemeinsam nach Hause gehen, weil langsam wird es dann auch dunkel, weil im Winter scheint die Sonne nicht so lange wie im Sommer. Ein bisschen müde und mit einem fröhlichen Lachen und viel Gerede machen sich nun alle zusammen auf den Heimweg.

Patrick erzählt dann am Heimweg auch den Kindern, dass vor vielen Jahren einmal böse Leute in der kleinen Stadt waren, und er musste als Kind wie auch die anderen Kinder und Einwohner der kleinen Stadt besonders aufpassen ... diese wenigen bösen Leute hat Patrick immer genau beobachtet, und die Leute haben gesagt, dass diese bösen Leute die anderen friedlichen Leute teilweise bestohlen haben und mit Steinen beworfen haben und auch mit Stöcken geschlagen und verletzt haben, jedoch wurden die bösen

Leute dann von der Polizei festgenommen und sind jetzt irgendwo in einem Gefängnis. Die damaligen Dorfbewohner haben sich gegen die bösen Leute gleich gewehrt und sich auch körperlich verteidigt, was die bösen Leute auch einschüchterte, und dann ist auch die Polizei gleich zur Hilfe gekommen. Die Kinder empfanden diese Geschichte zum Lernen und beobachten auch immer genau ihre Umgebung und die Leute, denen sie begegnen.

Patrick sieht beim Vorbeigehen durch das Fenster in einem Haus, dass dort mit Holz gerade der große Holzofen angezündet wird, welcher dann in der kalten Winternacht auch für die Wärme im großen Haus sorgen soll. Die Kinder sehen nun auch schon das eigene Haus und freuen sich schon auf die schön geschmückten Weihnachtszimmer.

Zuhause angekommen stellen die Kinder und Patrick die Rodeln in den Holzschuppen und gehen sodann gleich in das Haus und ziehen sich in der Garderobe die warmen Winterjacken und Schuhe aus. Im Haus ist es angenehm warm und Patrick und die Kinder gehen dann auch sogleich auf ihre Zimmer, um sich die warmen Winterpullover und Winterhosen auszuziehen und dann leichte und nicht so warme Kleidung für den Aufenthalt im Haus anzuziehen. Die Temperatur im Haus ist ca. 22 Grad Celsius und dies zeigt ein Wandthermometer im Wohnzimmer.

Eine Stromheizung und ein großer gemauerter Holzofen in der Stube sorgen für eine angenehme Temperatur im ganzen Haus. Der Vater Chris und die Mutter Kristiane kümmern sich immer gemeinsam um das Beheizen des großen Holzofens, wobei die Kinder immer gerne dabei zuschauen dürfen und dabei auch lernen, aber nur die Erwachsenen sollen das Holz mit den Streichhölzern anzünden, weil beim Umgang mit Feuer muss man immer aufpassen.

Sodann versammeln sich alle im großen Wohnzimmer zum Abendessen und Vater Chris zündet am großen Tisch die Weihnachtskerze an. Kristiane und Schwester Kathrin haben Nudeln mit Tomatensauce und Reis mit Hühnerfleisch gekocht und hiervon stellen sie jeweils einen großen Topf auf den Esstisch, wo sich dann jeder so viel auf sein Teller schöpfen soll, wie er dann essen will. Als Nachspeise steht in der Küche eine große Schale gut duftender Weihnachtskekse bereit.

Beim gemeinsamen Abendessen wird viel über den Tag und auch das gemeinsame Rodeln geredet. Patrick berichtet auch über seine Arbeit als Journalist und teilweise auch über seine Zeitungsberichte, was auch die Kinder sehr interessiert.

Chris fragt dann am Ende des Abendessens: „Wer will mir morgen beim Schmücken des Weihnachtsbaumes helfen?"

Alle Kinder schreien sogleich freudig „Ich" und auch Patrick und Robert wollen mithelfen. Nach dem Abendessen gehen die Kinder zur großen Couch im Wohnzimmer und spielen dort mit den Spielkarten und am Holzboden wird auch ein großes Puzzle aufgelegt. Die Erwachsenen sitzen sodann am großen Tisch im Wohnzimmer und schauen Fotos an. Plötzlich fällt der Strom aus und im Zimmer ist es ziemlich dunkel und nur die Weihnachtskerze am Tisch leuchtet.

Kristiane ruft sodann gleich laut: „Alle ganz ruhig bleiben, und ich hole ein paar weitere Kerzen aus dem großen Wohnzimmerschrank".

Chris sagt sogleich mit sanfter Stimme: „Ich helfe dir und gut, dass jetzt Weihnachten ist und wir haben deswegen viele Kerzen im Haus."

Die Weihnachtskerze am Tisch leuchtet hell und gut, sodass alle im Zimmer auch die anderen Gesichter sehen können und alle sind verwundert und betrachten auch erfreut den wohlwollenden Lichtschein der Weihnachtskerze.
Kristiane nimmt zwei Kerzen aus dem Wohnzimmerschrank und stellt diese in

der Küche auf zwei Teller und zündet die Kerzen dann an.

Chris zündet zwei weitere Kerzen im Wohnzimmer auf Tellern bei der Couch und bei der Stiege mit den Worten „Jetzt haben wir wieder mehr Licht" an.

Alle schauen sich wieder fröhlich mit einem Lachen an. Patrick versucht nun das Fernsehgerät einzuschalten und sieht, dass dort auch der Strom ausgefallen ist und es erscheint kein Bild.

Patrick sagt sodann: „Dies ist ein allgemeiner Stromausfall und einmal schauen, wie lange der Stromausfall dauert?"

Emma fragt dann: „Was ist ein Stromausfall und was passiert dabei?"

Ihre Mutter Kathrin antwortet sodann: „Beim Stromausfall kommt keine elektrische Energie zu den Glühbirnen und deswegen können die Glühbirnen nicht leuchten. Ohne elektrische Energie gibt es kein Bild beim Fernseher, und der Kühlschrank und der Kochherd funktionieren auch nicht ohne elektrische Energie. Die elektrische Energie kommt über Stromleitungen ins Haus und zu den Lichtern, und vielleicht haben die großen Schneefälle in den letzten Tagen einige Stromleitungen unterbrochen und dann kommt keine elektrische Energie über die Stromleitungen. Es könnte sein, dass durch die vielen Schneefälle und das große Gewicht des Schnees auf den Ästen ein paar Äste gebrochen sind und vielleicht auch Bäume umgefallen sind, und diese umgefallenen Bäume könnten dann eine Stromleitung durchtrennen und dann fließt in diesem Gebiet keine elektrische Energie mehr durch die Stromleitungen."

Ihr Vater Robert sagt dazu: „Vielleicht ist in den vergangenen Tagen zusätzlich zu diesen Schneefällen auch ein starker Wind gewesen und durch den Wind können ein paar Bäume auch umgefallen sein. Bei einem Schneesturm erreicht der Wind hohe Geschwindigkeiten und zusätzlich mit der Kälte sind dies dann extreme

Wetterbedingungen für die Natur und die Bäume".

Patrick sagt darauf: „Ich habe vor einiger Zeit schon einmal einen umgestürzten Baum im Winter beim Spazieren gehen gesehen."

Emma sagt dann verständnisvoll: „ Ja, ich verstehe, wenn ein Baum auf eine Stromleitung fällt, dann wird die Stromleitung durchtrennt und dann kann keine elektrische Energie durch die Stromleitung fließen."

Patrick sagt dann auch gleich belehrend: „Wenn irgendwo eine durchtrennte Stromleitung liegt, dann soll man diese

Stromleitung nicht angreifen und auch nicht dort hingehen, weil dort im großen Umkreis am Boden auch die Gefahr von einem Stromschlag ist, weil wenn die viele elektrische Energie auf einmal in den menschlichen Körper gelangt, dann schädigt dies den Körper sehr und dies können dann sogar tödliche Verletzungen sein. Es ist wichtig, dass das Stromwerk dann bei dieser Stromleitung den Strom ausschaltet und die gut ausgebildeten Elektriker dann zur Sicherheit Messungen der elektrischen Energie machen und dann, wenn keine Gefahr ist, die Stromleitung dann auch reparieren. Besonders aufpassen muss man auch bei Starkstromleitungen, wie zum Beispiel die Stromleitung bei Eisenbahnen, und bei

Starkstromleitungen muss man immer einen großen Abstand einhalten. Die Lokomotiven der Eisenbahn brauchen ganz viel Strom zum Ziehen und Fahren der Eisenbahnzüge."

Alle im Haus haben gut zugehört und Chris meint: „Am besten sollen alle zusammen vorerst einmal im Wohnzimmer bleiben und dann besprechen wir weiteres."

Chris und Kristiane stellen 5 weitere Kerzen im Wohnzimmer auf und die Kinder beginnen dann wieder Karten zu spielen und machen auch das begonnene

Puzzle wieder weiter. Die Atmosphäre im Wohnzimmer ist angenehm und alle fühlen sich wohl.

Patrick schaltet nun sein Smartphone ein, welches über Akku-Batterien betrieben wird, und er schaut dann über das Internet auf eine Nachrichtenseite und dort steht geschrieben, dass aufgrund eines großen Schneesturms und mehrerer umgestürzter Bäume einige Stromleitungen beschädigt worden sind und dass dies wahrscheinlich dann einen langen Stromausfall bedeuten wird. Die Reparaturarbeiten sind aufgrund der großen Schneefälle in entlegenen Gebieten schwierig, und es steht schon geschrieben, dass die Reparaturarbeiten in den Stromwerken und in bestimmten Gebieten begonnen haben.

Patrick berichtet dann im Wohnzimmer: „Ich habe am Smartphone im Internet nachgeschaut und gelesen, dass einige Stromleitungen durch einen Schneesturm und umgestürzte Bäume beschädigt worden sind und dies könnte einen langen Stromausfall bedeuten."
Chris und Robert holen dann sogleich mehr Holz aus dem Keller für den Ofen, weil ein langer Stromausfall bedeutet auch, dass die wärmenden Stromheizungen in den Zimmern nicht mehr funktionieren.
In diesem Ort gibt es kein großes Heizkraftwerk für Zentralheizungen wie

in großen Städten und auch keine Öltanks oder Erdgasleitungen bei den Häusern für die Heizungen, und die Bewohner heizen hauptsächlich mit Holzbrennöfen und auch Kohlebrennöfen, und zusätzlich heizen einige Bewohner auch mit Stromheizungen, was gerade auch in diesem kalten Winter vonnöten ist.

Chris zieht sich dann auch seine warme Jacke an und geht zu den Nachbarn, um zu schauen und nachzufragen, wie es geht, und ob jemand Hilfe braucht.

Auch Patrick zieht sich seine warme Kleidung an und geht eine Runde durch den Ort spazieren. Die anderen bleiben im

Wohnhaus und reden auch viel mit den Kindern und Kristiane, Kathrin und Robert besprechen, was alles zu machen wäre, wenn dies ein langer Stromausfall sein sollte.

Patrick geht durch die Straßen im Ort und sieht in den Häusern überall Kerzenlicht und begegnet dann bei einem Garten zu seiner großen Überraschung auch Anna und Gerhard, welchen er noch bei seiner Abfahrt am Bahnhof begegnet ist und sieht beide freudig an und spricht: „Dies ist eine große Überraschung und mich freut dies sehr!"

Anna sagt: „Mich freut dies auch dich zu treffen, und ich und Gerhard sind ganz spontan von meinem Onkel Wolfgang, welcher 45 Jahre alt ist, hierher eingeladen worden und wohnen zu Weihnachten in seinem Haus. Mein Onkel wohnt hier gemeinsam mit seiner Frau Andrea, sie ist 42 Jahre alt, und seinem behinderten Sohn Daniel, welcher 19 Jahre alt ist, in einem großen Haus. Sein behinderter Sohn Daniel sitzt im Rollstuhl und kann ganz schön zeichnen und bastelt auch viel. Wir haben bei einem Spaziergang in der großen Stadt in einem Park zufällig unseren Onkel Wolfgang getroffen, und er hat uns spontan in seinem Auto mitgenommen und über Weihnachten schlafen wir bei ihm in seinem Haus, was uns sehr freut! Unser Onkel hat auch gesagt, dass wir gerne bei ihm auch immer wohnen können, und mein Bruder Gerhard kann dann im Frühjahr, Sommer und Herbst als Förster bei ihm arbeiten, und ich vielleicht aushilfsweise während des Sommers als Försterin, weil mein Onkel besitzt viel Wald. Das Haus meines Onkels steht ganz in der Nähe und am

Beginn eines großen Waldes."

Anna deutet hierbei mit ihrem Zeigefinger auf ein großes, altes Haus am Ende der Straße.

Anna und Patrick blicken sich mit leuchtenden Augen an und beide wissen schon lange, dass sie sich ineinander verliebt haben, und dies sieht auch der Bruder von Anna, und Gerhard sagt dann: „Ich gehe jetzt wieder ins Haus zu unserem Onkel zurück, weil mir schon kalt ist, und wenn ihr wollt könnt ihr beide gerne zusammen weiter spazieren gehen und reden."

Beide zusammen sagen dann herzerfrischend „Ja" und Anna nimmt Patrick bei der Hand und beide gehen weiter spazieren und schauen die besondere Atmosphäre mit den vielen Kerzenlichtern im Ort an und reden auch viel darüber, wie sie sich schon vor einiger Zeit begegnet sind und auch kennengelernt haben.

Anna sagt: „Ich kann mich erinnern, wie wir uns das erste Mal begegnet sind und dann auch miteinander im Park geredet haben, damals haben unsere Augen wie jetzt frohen Herzens geleuchtet und in unseren Herzen war auch schon eine große Liebe spürbar. All dies ist wunderschön und daran will ich mich ganz gerne erinnern."

Patrick sagt sodann: „Ja, ich spüre wie du die Liebe im Herzen und dies ist ein wunderschönes Gefühl und im Bauch ist dies ein Gefühl, wie wenn viele Schmetterlinge im Bauch fliegen würden, einfach ganz schön. In unseren Herzen hat diese einzigartige Liebe einen ganz großen Platz, und ich werde mich immer und ewig daran erinnern."

Bei diesem Gespräch und beim Spazierengehen Hand in Hand sehen sich Anna und Patrick immer wieder ganz fest in die Augen und beobachten auch den Gesichtsausdruck und die Lippen beim Lachen und Reden … in den Augen sehen beide ein besonderes Funkeln, was ein Zeichen für große Liebe ist. Der Gesichtsausdruck, die Stimme und das Lachen der beiden sind durch ihre Liebe zueinander sehr fröhlich und sanft. Dies ist für beide ein ganz romantischer

Spaziergang und beide haben ein frohes, verliebtes Herz und spüren durch die große Freude auch gar nicht so sehr die Kälte im Winter. Patrick begleitet am Ende des Spazierganges Anna zum Haus von ihrem Onkel und beide umarmen und küssen sich dann zum ersten Mal und ihre Blicke sind glücklichen Herzens.

Anna sieht beim Hingehen zum Haus von ihrem Onkel schon bei der Gartentüre durch die Fenster des Hauses das Kerzenlicht leuchten und sieht auch, dass mehrere Leute auf Besuch sind.

Patrick geht dann wieder in Richtung zum Haus seiner Schwester Kristiane und freut sich schon auf die weihnachtliche Stimmung im Haus.

An der Glocke bei der Eingangstüre zum Haus ihres Onkels läutet Anna, und ihr Onkel öffnet ihr die Eingangstüre und sagt: „Hallo Anna! Es freut mich, dass du wieder im Haus bist, weil im Freien wird es jetzt schon ziemlich kalt. Wir haben Besuch von Freunden im Haus und auch der Pfarrer ist auf Besuch gekommen und hat uns eine besonders schön geschmückte Weihnachtskerze mitgebracht. Anna, komm mit, und ich stelle dir die Leute vor."

Anna sagt dann: „Ja, sehr gerne. Ich ziehe mir in der Garderobe noch die Schuhe und die warme Winterjacke sowie den dicken Pullover aus. Dann komme ich gerne mit dir zu unserem Besuch."

Onkel Wolfgang sieht, dass Anna sehr glücklich lacht, und dies freut auch ihn. Gemeinsam mit ihrem Onkel geht Anna sodann in das Wohnzimmer des Hauses und begrüßt zuerst freudig ihren Bruder Gerhard, welcher beim wärmenden Kachelofen steht. Dann geht sie gemeinsam mit ihrem Onkel zum Pfarrer und den anderen Besuchern, und ihr Onkel stellt Anna und die Besucher kurz vor und gemeinsam reden sie dann über den vielen Schneefall und die schöne weihnachtliche Stimmung in der kleinen Stadt.

Anna und Gerhard machen an diesem Abend viele neue, nette Bekanntschaften. Anna erzählt dann auch den Verwandten und Besuchern, dass sie und ihr Bruder in der großen Stadt, wo sie als Obdachlose leben und zufällig vor den Weihnachtstagen ihren Onkel im Park getroffen haben, welcher dann beide in sein Haus hierher eingeladen hat, auch immer wieder neuen Leuten begegnen. Anna berichtet, dass sie es immer freut, wenn sie wie heute nette Leute kennenlernt, aber sie sagt dann mit lauter Stimme, dass sie hin und wieder leider auch nicht so netten Leuten begegnet und bei diesen bösen Leuten ist es wichtig, sich

zu wehren und dann von diesen bösen Leuten wegzugehen oder wegzulaufen.
Anna sagt dann auch, dass sie Leute, welche lügen und nicht die Wahrheit sagen, sehr kritisch sieht und dies nicht mag. Eine Lüge ist wenn an einem schönen, feinen Sommertag mit warmen Sonnenschein ein Lügner sagt, dass es dunkel ist und es nicht warm ist, was aber nicht stimmt und komisch ist. Wichtig ist im Leben die richtige Wahrheit zu kennen und es gibt nur eine Wahrheit, und dies ist was wirklich im Leben ist, und so einfach und natürlich ist dies.
Anna sagt dann nach einer kurzen Denkpause mit freudiger und sanfter Stimme: „Heute fühle ich mich sehr wohl im Haus von meinem Onkel und genieße

auch die weihnachtliche Stimmung mit dem vielen Kerzenlicht."

Der Pfarrer sagt sodann: „Ja, es ist immer schön, wenn man nette Leute kennenlernt. Dann sieht man, ob daraus eine nette Bekanntschaft, Freundschaft oder sogar Liebe wird."

Anna sagt dann: „Mich freut es ganz besonders, dass ich heute zufällig hier in der kleinen Stadt meiner großen Liebe Patrick wieder begegnet bin, und ich denke, dass dies einfach so sein sollte, weil unsere Liebe hat uns zueinander geführt, und wir sind jetzt ein Liebespaar."

Anna lacht bei diesen Worten sehr herzlich und ihre Augen funkeln. Die Verwandten und Besucher im Haus sehen diese große

Freude und blicken nett zu Anna.

Danach geht Anna zu ihrem Onkel und ihrem Bruder und redet dann auch mit der Frau von ihrem Onkel, namens Andrea, und deren gemeinsamen Sohn Daniel.

Daniel sagt sodann: „ Ich zeige euch gerne ein paar von meinen gezeichneten Bildern."

Daniel fährt sodann mit seinem Rollstuhl zu einer großen Schublade im Wohnzimmer und holt dort ein paar Zeichnungen heraus und breitet diese Zeichnungen dann am Tisch aus. Gerhard setzt sich dann auf einen Stuhl neben Daniel und schaut interessiert und gerne die Zeichnungen von Daniel an, wie auch Anna und die Eltern von Daniel die

Zeichnungen bestaunen. Auch die anderen Besucher im Haus kommen zum Tisch und schauen die Zeichnungen an.

Gerhard sagt dann zu Daniel: „Mir gefallen deine Zeichnungen sehr, und du zeichnest viele Naturbilder mit wunderschönen Seen und Landschaften."

Daniel sagt dann zu Gerhard: „Ja, ich zeichne gerne Bilder von der Natur. Danke für dein Lob! Ich denke, dass das Leben in Harmonie mit der Natur sehr wichtig ist, weil der Mensch muss auch schauen, dass es den Pflanzen und Tieren sowie der ganzen Natur und uns gut geht, weil wir leben alle gemeinsam auf dieser Erde, und die Natur ist wunderschön!"

Gerhard sagt dann dazu: „Ja, dies ist richtig und deine Worte und Gedanken sind sehr schön! Ich habe vor kurzer Zeit in der großen Stadt einmal ein Foto in einer Zeitung von einem gezeichneten Indianer mit der englischen Titelbezeichnung Living in harmony with nature gefunden, und diese Titelbezeichnung bedeutet in deutscher Sprache ein Leben in Harmonie mit der Natur ... ich habe dieses Zeitungsfoto vom gezeichneten Indianer mit einer Schere ausgeschnitten und habe es bei mir in meiner Ausweishülle. Ich hole nun dieses Foto vom gezeichneten Indianer aus meiner Ausweishülle und zeige dir gerne diesen gezeichneten Indianer."

Gerhard zeigt dann Daniel dieses Zeitungsfoto vom gezeichneten Indianer, und Daniel lacht dann ganz fröhlich und von ganzem Herzen!

Daniel sagt dann: „Ja, dies ist ein gut gezeichneter Indianer und ein farbenfrohes Bild. Es stimmt, dass das Leben in Harmonie mit der Natur für die Indianer wichtig ist, und das Volk der Indianer beobachtet viel die Natur und kennt auch die Natur. Vor allem wissen die Indianer die Natur als wertvollen Schatz zu genießen und schätzen das Leben in der Natur sehr."

Gerhard sagt dann: „Die Natur ist wunderschön und es gibt auch viele Farben in der Natur, wie bunte Blumen und bunte Schmetterlinge ... hier gibt es viel Wald und viel gute Luft, und ich mag auch den besonderen Duft der Bäume und Blumen."

Die Leute im Wohnzimmer reden und unterhalten sich angenehm und nachdem es schon spät am Abend ist, und alle langsam müde werden, tritt der Pfarrer in die Mitte des Wohnzimmers und sagt: „Ich werde jetzt nach Hause gehen, weil ich müde bin. Ich wünsche allen ein frohes Weihnachtsfest und Frieden auf der Welt."

Die anderen Besucher wünschen ebenfalls ein frohes Weihnachtsfest und begeben sich sodann auf den Heimweg.

Anna und Gerhard helfen dann Daniel beim Wegräumen der vielen Zeichnungen vom Tisch in die große Schublade im Wohnzimmer.
Danach trinken Anna, Gerhard und Onkel Wolfgang, Tante Andrea und Cousin

Daniel gemeinsam vor dem Schlafengehen einen warmen Tee, und alle zusammen sind sehr glücklich.

Patrick ist nach einem Spaziergang dann auch beim Haus von seiner Schwester Kristiane angekommen und sperrt die Eingangstür mit einem Schlüssel auf. Beim Betreten des Hauses schauen Chris und Kristiane dann Patrick an und sehen, dass er sehr glücklich lacht.

Chris berichtet Patrick: „Bei den Nachbarn ist auch ein Stromausfall, und unsere Nachbarn haben die zu kühlenden Lebensmittel wie Milch, Butter und das tiefgefrorene Gemüse und Fleisch im

Schnee vor dem Haus eingegraben, damit diese Lebensmittel weiterhin gekühlt bleiben. Die Außentemperatur im Freien liegt derzeit gemäß Außenthermometer an der Hauswand bei – 10 Grad Celsius."

Auf diese Worte hin sagt Patrick: „Ich helfe dir gerne und bringen wir auch unsere Lebensmittel aus dem Kühlschrank sowie Tiefkühlschrank ins Freie vor dem Haus und legen diese dann in ein Schneeloch zum Kühlen, weil der Wetterbericht im Internet berichtet, dass die Temperaturen weiterhin sehr kalt bleiben sollen."

Zusammen bringen sie die gefrorenen Lebensmittel ins Freie und graben ein großes Schneeloch und bedecken die Lebensmittel dann auch mit Schnee zur

Kühlung. Im Haus wird währenddessen mit dem Holz weiter geheizt und dort ist es warm, und dadurch wird es im Haus im Kühlschrank und Tiefkühlschrank auch irgendwann warm werden, weil durch den Stromausfall ist die Kühlung ausgefallen. Chris holt mit Patrick auch noch den großen Holzgrill zum Kochen und Braten aus dem Gartenschuppen und sie stellen den Grill auf der Terrasse in der Nähe bei der Hauseingangstüre auf.

Dann gehen sie wieder ins Haus und Kristiane sagt dann: „So jetzt sind viele Vorbereitungen für den morgigen Tag schon gemacht und am besten ist es, wenn wir jetzt alle schlafen gehen und alle warm anziehen, und in den Schlafzimmern ist es noch relativ warm, aber mit der Zeit wird durch den Heizungsausfall die Temperatur auch kühler werden. Vielleicht müssen wir morgen in der Nacht alle im Wohnzimmer beim warmen Ofen schlafen?"

Chris meint hierzu: „Ja, alle Kinder sollen jetzt schlafen gehen und Kristiane, Kathrin und Robert sollen als Erwachsene oben bei den Kindern schlafen und auch ein paar Kerzen mitnehmen.

Das Wasser im Warmwasserboiler wird noch warm sein und bitte beim Waschen mit dem warmen Wasser sparen, weil auch das Warmwasser wird mit der Zeit durch den Stromausfall kühler werden, weil die Warmwasserheizung dazu fehlt".

Chris wendet sich zu Patrick und sagt: „Ich und Patrick holen unsere Betten und die Polster hier in das Wohnzimmer und werden die Nacht im Wohnzimmer auf dem großen Teppich schlafen und abwechselnd das Holz im Ofen nachlegen, damit das Wohnzimmer bezüglich der Temperatur warm bleibt, und wenn es im oberen Stockwerk im Haus kalt wird, dann könnt ihr die Türe bei der Stiege oben aufmachen und warme Luft wird in das obere Stockwerk vom Wohnzimmer aus aufsteigen.

Alle zusammen begeben sich mit einem herzlichen „Gute Nacht" zur Nachtruhe und durch die Fenster im Haus sieht man, dass es wieder leicht zu schneien begonnen hat. Chris und Patrick schlafen mit ihren Betten und Polstern am großen kuscheligen Teppich im Wohnzimmer und haben sich den Wecker gestellt, damit alle 2 Stunden einer von ihnen neues Holz in den Ofen legt, damit das wärmende Feuer und die wärmende Glut im Ofen nicht erlischt. Im Ofen knistert das Holz und bereitet angenehme Wärme. In der Nacht haben viele schon Weihnachtsträume und die Atmosphäre im Haus ist ruhig und zufrieden. Patrick erwacht als Erster vom Schlaf am nächsten Morgen, und er hat besonders gut geschlafen und auch gut geträumt … sogleich legt er wieder ein bisschen Holz in den Ofen, damit das Feuer im Ofen nicht ausgeht, und das Haus weiter gut beheizt wird.

Gemeinsam mit seiner Mutter Kristiane schreitet sodann der kleine Lukas die Treppen hinunter und sagt dann auch zu Patrick freudig „Guten Morgen".

Kristiane probiert dann bei einem Lichtschalter das Licht einzuschalten und sie sieht dann, dass die Glühbirne nicht leuchtet und dass der Stromausfall weiter andauert. Nun wird auch Chris munter sieht noch mit ein bisschen verschlafenen Augen, dass alle glücklich sind. Kristiane umarmt Chris sogleich und beide küssen sich innig. Lukas geht zu Patrick und fragt, ob sie vielleicht alle in der kommenden Weihnachtsnacht im großen Wohnzimmer schlafen sollen, weil die Zimmer im Obergeschoß des Hauses sind jetzt schon ziemlich kühl und hier im Wohnzimmer ist es warm.

Patrick sagt sodann: „Ja, dies ist richtig und hier am feinen Teppich kann man auch gut schlafen."

Jetzt kommen Kathrin, Robert und die anderen Kinder auch in das Wohnzimmer und alle sagen sanft „Guten Morgen" und blicken mit großen Augen auf die Kerzen und den wärmenden Ofen.

Chris dreht in der Küche den Wasserhahn auf und bemerkt, dass das Wasser schon kalt ist, weil durch den Stromausfall auch die Warmwasserheizung nicht mehr funktioniert und sagt dann zu Patrick: „Jetzt müssen wir den Grill vor dem Haus mit dem Holz anfeuern und dann das Wasser für den Tee und später dann die Milch für das Frühstück wärmen."

Chris füllt einen großen Topf mit Wasser und Patrick nimmt diesen Topf dann mit zum Grill, wo er diesen dann abstellt und aus dem Schnee eine zur Kühlung vergrabene Packung mit Milch holt, und die Milch dann zum Auftauen ins geheizte Haus stellt. Zusammen holen Chris und Patrick viel Holz aus dem Holzschuppen zum Grill und vor die Haustüre. Chris zündet dann das Holz im Grill an und Patrick bleibt beim Grill zur Feuerwache stehen, weil bei brennenden Feuer muss man immer aufpassen. Währenddessen richten im Haus Kristiane und Kathrin das Brot und die Marmelade für das Frühstück am großen Küchentisch und die Kinder reden mit Robert über den heutigen Weihnachtstag und sagen auch, dass sie abends auch gerne in die Kirche zur Weihnachtsmesse gehen wollen. Chris bringt nun auch die gut gekühlte Butter aus dem Schnee ins Haus, und Kathrin beginnt dann nach einer kleinen Aufwärmphase für die gefrorene Butter ein paar Butterbrote zu streichen. Das Holzfeuer am Grill und die Glut sind nun heiß genug und Patrick gibt den großen Wassertopf zum Wärmen. Nachdem das Wasser richtig heiß ist, bringt Patrick den

Topf sodann ins Haus und stellt diesen Topf auf die Herdplatte in der Küche, weil dort verbrennt der heiße Boden des Topfes nicht die Stellfläche. Alle zusammen sitzen am großen Wohnzimmertisch und Patrick und Chris reichen die Tassen mit Tee und später dann ein paar Tassen mit warmer Milch. Kristiane und Kathrin bringen große Teller mit den verschiedenen Broten, Butterbroten und auch die Marmelade auf kleineren Tellern zum Essenstisch im Wohnzimmer. Chris holt noch ein paar neue Kerzen aus dem Wohnzimmerschrank und die abgebrannten Kerzen im Wohnzimmer ersetzt er durch neu angezündete Kerzen, und dadurch gibt es auch genug Licht im Wohnzimmer für das Frühstück. Das

Kerzenlicht erzeugt eine besondere Stimmung beim Frühstück am Weihnachtsmorgen, und die Eltern besprechen mit ihren Kindern, dass die Kinder vormittags im Haus sein sollen, und Chris beim Schmücken des Weihnachtsbaumes helfen sollen und dann auch einfach mit den Spielkarten und den Puzzles spielen.

Kristiane sagt zu Patrick: „Bitte hilf mir beim Zubereiten des Mittagessens, und ich brauche deine Hilfe beim Kochen und Grillen vor dem Haus."

Kathrin meint dann gleich hierzu: „Ich helfe gerne beim Kochen des Mittagessens mit."

Robert sagt dann sogleich: „Ich helfe Chris mit dem Weihnachtsbaum und spiele mit den Kindern auch dann gerne im Haus Puzzle, Spielkarten und vielleicht auch Schach."

Nach dem genüsslichen und einfachen Frühstück begeben sich die Kinder gleich mit den Spielkarten, Puzzles auf die großen Teppiche im Wohnzimmer und beginnen gemeinsam mit Robert zu spielen, was allen Spaß macht, und es wird auch viel gelacht und geredet. Chris, Kristiane und Patrick räumen nach dem Frühstück das Geschirr vom Tisch und Patrick bringt noch einen Topf mit warmen Wasser vom Grill zum Abwaschen des Geschirrs.

Chris begibt sich zum Holzschuppen und holt den ca. 2 m großen Weihnachtsbaum ins Haus und sagt: „Diesen Baum habe ich aus unserem eigenen Wald dieses Jahr als Christbaum ausgesucht und dies ist ein wunderschöner Tannenbaum."

Die Kinder staunen laut mit einem freudigen „Oooohhh". Auch die Erwachsenen sehen den Weihnachtsbaum mit großen Augen an und sind fröhlich. Chris holt nun mit Robert den Weihnachtsbaumschmuck aus dem Keller und auch Patrick bringt seinen eigens mitgebrachten Weihnachtsbaumschmuck zum Weihnachtsbaum. Alle Kinder versammeln sich um den Weihnachtsbaum und dürfen teilweise den Weihnachtsbaumschmuck auf den niedrigen Ästen selber aufhängen und auch die Wunschpositionen des jeweiligen Weihnachtsbaumschmucks, wie z.B. eines Schneemannes und einer kleinen Glocke, den Erwachsenen sagen. Schritt für Schritt wird der Weihnachtsbaum geschmückt und am Ende bringt Robert auch noch ein paar kleine Kerzen am Weihnachtsbaum an, welche nur heute am Weihnachtsabend brennen sollen.

Chris sagt sodann: "So jetzt ist der Weihnachtsbaum fast fertig geschmückt und nun gebe ich noch den großen Weihnachtsstern auf die Spitze des Tannenbaumes."

Alle lachen sehr fröhlich beim Anblick des geschmückten Weihnachtsbaumes und freuen sich schon auf den Weihnachtsabend. Chris und Kristiane schauen sich mit liebevollen Blicken an und Kristiane umarmt dann auch Chris sehr sanft und glücklich, was deren Sohn Lukas sieht. Lukas schaut freudig zu den beiden und sagt: „Ihr seid ein richtiges Liebespaar und meine Eltern."

Chris und Kristiane schauen nun sehr herzlich zu Lukas und Kristiane sagt: „Ja, ja mit deinen Worten hast du ganz recht und zusammen sind wir eine glückliche Familie. Wir freuen uns schon auf das Weihnachtsfest und Weihnachten ist auch das Fest der Freude und Liebe, wobei Freude und Liebe im Leben eng miteinander verbunden sind ... eine schöne Lebensweisheit besagt, dass die Liebe in vielen auf der Welt sein kann, wie die Liebe zwischen den Menschen, wenn man jemand ganz besonders gern mag, und auch wie die Liebe zur Natur, Liebe zum Lesen und Schreiben, Liebe zum Sport und einfach zu allem, was man ganz gern mag und dies bereitet auch ganz große Freude!"

Lukas schaut seine Mutter Kristiane mit großen Augen an und sagt: „Ja, dies stimmt ... gemeinsam mit Patrick sind wir ganz gern in der Natur Rodeln gegangen und haben auch einen Schneemann gebaut, was uns allen große Freude bereitet hat. Ich bin auch ganz besonders gerne mit der Familie zusammen und mich freut auch der Besuch zu Weihnachten. Ich freue mich schon sehr auf das Weihnachtsfest!"

Kristiane und Kathrin haben in der Küche nun das Gemüse geschnitten und Nudeln und Reis zum Kochen vorbereitet. Auch ein bisschen Fleisch haben sie zum Grillen fein mit Kräutern, Pfeffer und Salz gewürzt.

Patrick ruft sodann von der Terrasse: „Das Holzfeuer und die Glut sind nun im Grill heiß genug zum Grillen und Kochen. Bitte richtet mir die Pfannen und die Töpfe in der Küche her." Nachdem Kristiane und Kathrin die Grillpfanne und die Kochtöpfe mit den Nahrungsmitteln vorbereitet haben, ziehen sie sich warm an und bringen die Töpfe und die Grillpfanne zu Patrick zum Grill ins Freie. Patrick bereitet nun gemeinsam mit Kristiane die Speisen am Grill zu, und Kathrin deckt schon das Geschirr und das Besteck für das Mittagsessen am großen Tisch.

Ein feiner Duft zieht von der Terrasse auch ins Haus hinein und Stefan meint: „Das Essen duftet gut und dies wird ein ganz feines Mittagessen."

Chris, Patrick und Robert bringen die fertig gekochten Speisen dann vom Grill in den Töpfen und in der Grillpfanne in die Küche zu den Herdplatten, und von dort schöpfen Kristiane und Kathrin die Portionen in Schüsseln und stellen diese zum Mittagessen auf den großen Tisch. Patrick bringt auch noch einen Topf mit warmen Wasser vom Grill und damit auch alle ein warmes Wasser oder einen Tee zum Mittagessen trinken können. Im Freien scheint nun die Sonne, und es ist noch ziemlich kalt. Alle brennenden Kerzen wurden deswegen auch ausgelöscht, weil durch die Sonne gelangt genug Licht durch die Fenster ins Haus. Alle zusammen genießen das Mittagessen und besprechen auch in großer Erwartung den Weihnachtsabend und reden auch über das vergangene Jahr. Das Geschirr vom Mittagessen räumen Chris und Robert in die Küche, und Patrick bringt wieder einen großen Topf mit warmen Wasser zum Abwaschen des Geschirrs.

Chris und Robert beschließen am Nachmittag im Haus zu bleiben und den Ofen immer wieder mit Holz zu befeuern und warm zu halten. Kristiane und Kathrin und alle Kinder beschließen zusammen im Ort einen Spaziergang zu machen und hierbei auch die Nachbarn, Freunde und Bekannte zu besuchen.

Patrick geht zum Haus vom Onkel von Anna und Gerhard, und er freut sich schon sehr, dort einen Besuch zu machen.

Langsam ziehen wieder Wolken auf und es beginnt auch wieder leicht zu schneien.

Den Kindern und den Erwachsenen im Ort bereiten die Weihnachtsbesuche eine große Freude, und die Kinder können gemeinsam spielen, und die Eltern schauen anlässlich des Stromausfalles, ob die anderen Bewohner Hilfe brauchen … ein paar Leute haben den anderen mit Kerzen für die Beleuchtung im Haus geholfen, und ein paar Familien sind im Ort aufgrund des Stromausfalles zu Verwandten und Freunden im Ort gezogen und verbringen die Weihnachtstage dort gemeinsam. Hin und wieder bestehen ein Mangel an Kerzen und Brennholz, und der Bürgermeister und Pfarrer der Stadt berichten, dass die Leute gut zusammenhelfen und so soll es auch sein.

Der Pfarrer sagt zudem: „Ich freue mich heute abends schon sehr auf die Weihnachtsmesse in der Kirche, und falls jemand noch Kerzen benötigt, in der Kirche haben wir einen großen Vorrat."

Bei Einbruch der Dunkelheit machen sich alle wieder auf den Heimweg und Chris und Robert haben zuhause schon einen warmen Tee und eine Suppe zubereitet und als Nachspeise gibt es wohl duftende Weihnachtskekse.

Beim gemeinsamen Abendessen drehen sich die Gespräche schon um den Besuch der Weihnachtsmesse am Abend und die anschließende Weihnachtsfeier zuhause.

Chris und Robert bleiben abends zuhause und beheizen weiter den Ofen im Haus, währenddessen Patrick, Kristiane und Kathrin und alle Kinder zusammen in die Kirche zur Weihnachtsmesse gehen. Das Betreten und Bestaunen der Kirche zu Weihnachten ist schon ein besonderes Gefühl, und auch in der Kirche steht ein wunderschön geschmückter Christbaum. Bei der kirchlichen Weihnachtsmesse werden viele Weihnachtslieder gesungen und durch das schöne Orgelspiel und den großen Weihnachtschor entsteht eine ganz besondere Atmosphäre in der Kirche. Patrick sieht auch Anna, Gerhard und ihren Onkel mit Familie in der Kirche. Bei der Weihnachtsmesse sind viele Leute in der Kirche.

Patrick wartet nach dem Ende der Weihnachtsmesse bei der Eingangstüre der Kirche auf Anna. Bei der Verabschiedung umarmen sich Anna und Patrick sehr liebevoll und sind sehr erfreut über dieses Weihnachtswunder, dass sie sich wieder getroffen haben und die Liebe sie zueinander geführt hat.

Auf dem Heimweg gehen Patrick und Kristiane, Kathrin und alle Kinder zusammen durch die kleine Stadt zurück zum Haus, wo Chris und Robert die wohlige Wärme im Haus durch das Beheizen des Ofens weiter erhalten. Dieses Jahr ist schon eine ganz besondere Weihnachtsstimmung und beim Blick in die Häuser sieht man viel Kerzenlicht und teilweise sind auch vor den Häusern große Kerzen in den Schnee gesteckt, damit der Weg ausgeleuchtet ist.

Die Nacht ist sternenklar und vom Himmel leuchten viele Sterne, und die vielen Kerzenlichter in der kleinen Stadt erzeugen eine ganz besondere Stimmung … alle schauen immer wieder zu den vielen Kerzen und den Sternen am Himmel … einfach himmlisch schön.

Beim Haus angekommen werden sie von Chris und Robert bei der Eingangstüre empfangen und gehen dann alle zusammen ins Haus. Die Kinder und die Erwachsenen machen sogleich große, fröhliche Augen beim Anblick des Weihnachtsbaumes mit den brennenden kleinen Kerzen darauf und am Boden beim Weihnachtsbaum liegen viele schöne Weihnachtsgeschenke mit Namenskärtchen darauf, für wen das Geschenk bestimmt ist.

Chris sagt dann mit fröhlicher Stimme: „Das Christkind ist inzwischen gekommen und hat auch viele Geschenke zum Weihnachtsbaum gelegt."

Die Kinder und auch die Erwachsenen im Haus haben große Freude beim Auspacken der Geschenke, und die Kinder beginnen dann auch die neuen Spielsachen auszuprobieren, und die Erwachsenen und Kinder lesen teilweise kurz in den geschenkten Büchern. Alle sind sehr glücklich und nun auch schon bisschen müde vom langen Tag.

Chris und Kristiane beschließen, dass alle zusammen im großen Wohnzimmer mit ihren Polstern und Betten auf den Teppichen schlafen sollen, weil im Wohnzimmer ist es durch den Holzofen noch wohlig warm und alle holen ihre Polster und Betten aus den Zimmern im obigen Stockwerk, wo es schon ziemlich kalt ist.

Nachdem alle einen feinen Schlafplatz im Wohnzimmer gefunden haben, schauen

Patrick und Chris während der Nacht, dass der Ofen weiter mit Holz befeuert wird und dadurch das Wohnzimmer erwärmt, und auch eine Kerze soll in einer Laterne während der Nacht am großen Wohnzimmertisch weiterbrennen.

Im Wohnzimmer beim Weihnachtsbaum zu schlafen ist etwas ganz Besonderes und dies bedeutet auch große Weihnachtsfreude und viel Lebenszauber!

Alle sind nun müde und sagen sodann freudigen Herzens zueinander: „Frohe Weihnachten und Gute Nacht."

Bild: „Gezeichnetes Kerzenlicht mit einem bunten Bildrahmen"

Angaben zu den gezeichneten Originalbildern:

Umschlagseite: Stern mit Herz, Acrylfarben, gezeichnet und gemalt von Peter Oberfrank im März 2012

Seite 7: Rose und bunter Bildrahmen, Buntstifte und Wasserfarben, gezeichnet von Peter Oberfrank im November 2016

Seite 31: Weihnachtsbaum in New York, Rockefeller Center, Acrylfarben; gezeichnet und gemalt von Peter Oberfrank im Dezember 2010

Seite 81: Indianer mit englischsprachiger Titelbezeichnung „LIVING IN HARMONY WITH NATURE", Acrylfarben; gezeichnet und gemalt von Peter Oberfrank im April 2011

Seite 113: Gezeichnetes Kerzenlicht mit einem bunten Bildrahmen, Öl-Kreidefarben, gezeichnet von Peter Oberfrank im November 2016

Seite 115: Herz mit vielen bunten Farben, Englische Titelbezeichnung „HAPPY COLOURS FOR EVER", Buntstifte, gezeichnet von Peter Oberfrank im Oktober 2016

Viel Freude beim Schreiben, Lesen und Leben …